ヨーコさんの"言葉"

佐野洋子 文
北村裕花 絵

講談社

もくじ

本書は、ＮＨＫの番組「ヨーコさんの〝言葉〟」
を書籍化したものです。

その1　才能ってものね

子供をスイミング・スクールに
連れて行ったことがある。

私はガラス越しに
三歳から七歳位の
裸の子供の集団を見ていた。
皆初めて泳ぎを覚えるのである。

調子にのっているのも、

泣いているのもいる。

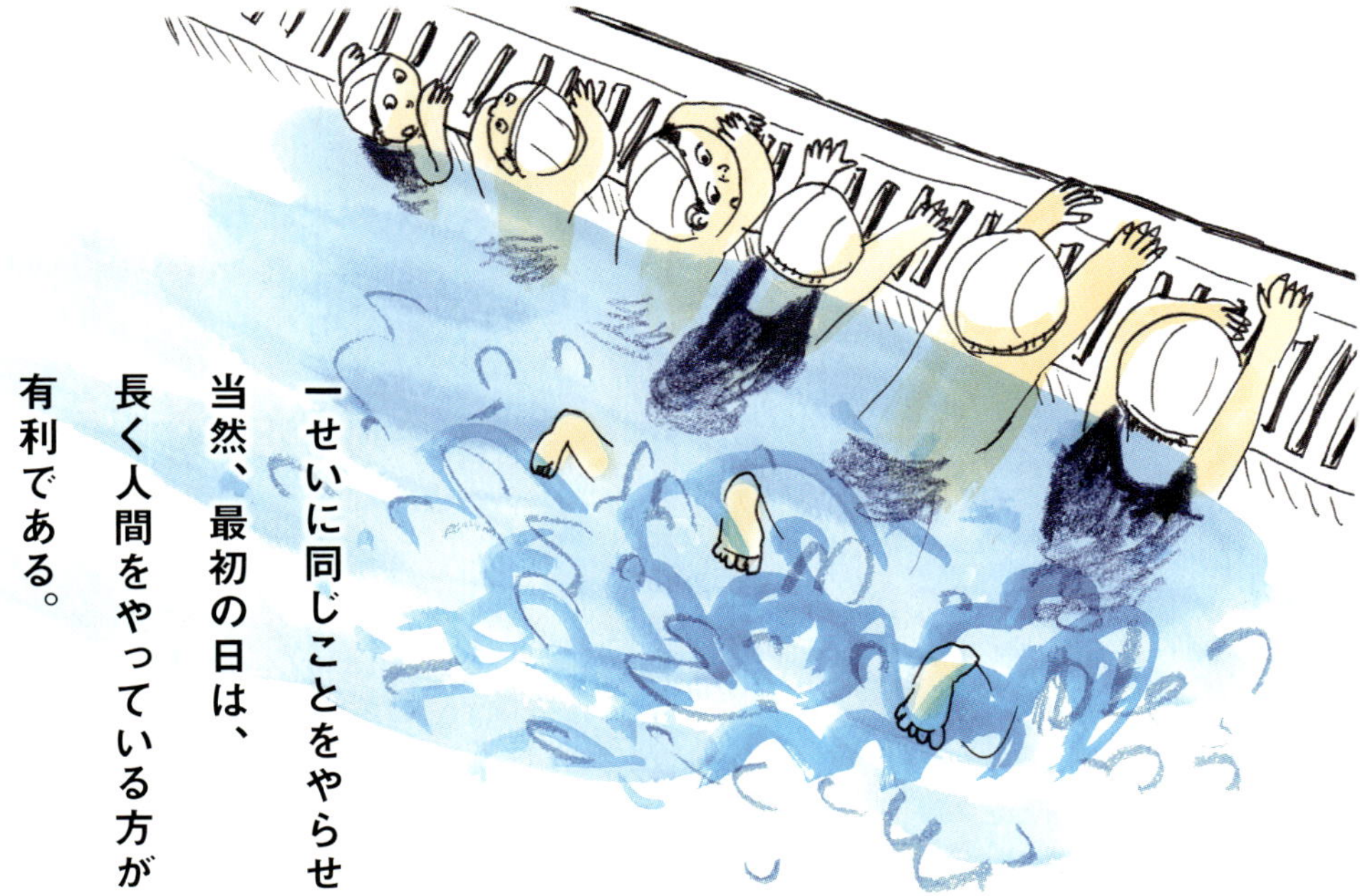

一せいに同じことをやらせる。
当然、最初の日は、
長く人間をやっている方が
有利である。

二回目、三回目、
これが歴然と
目に見えるのですね。

年齢はもはや関係ない。
水のなじみ方がちがう。
こつの体得の仕方がちがう。
すると、美しさがちがう。

二、三十人いると、
ぬきん出て才能のある子供が、
一人いるのである。

中には、力にまかせて、
死にものぐるいの小さい男も
いるが、はね返る水が反乱を
起こして、意地悪をする。

けなげで人を涙ぐませるが、
体の動きは、美しいとは
言いがたい。

二、三十人いると、
特別に才能に恵まれない子供が、
一人か二人いるのですね。

その特別と特別の間に、
凡庸という集団が
ゾロリと存在する。

そして、凡庸は凡庸な努力を
シコシコと重ねて、
人並みというものに
かろうじてしがみつく。

凡庸は凡庸と競争し、
その中の喜びも悲しみも
生きてゆくのである。

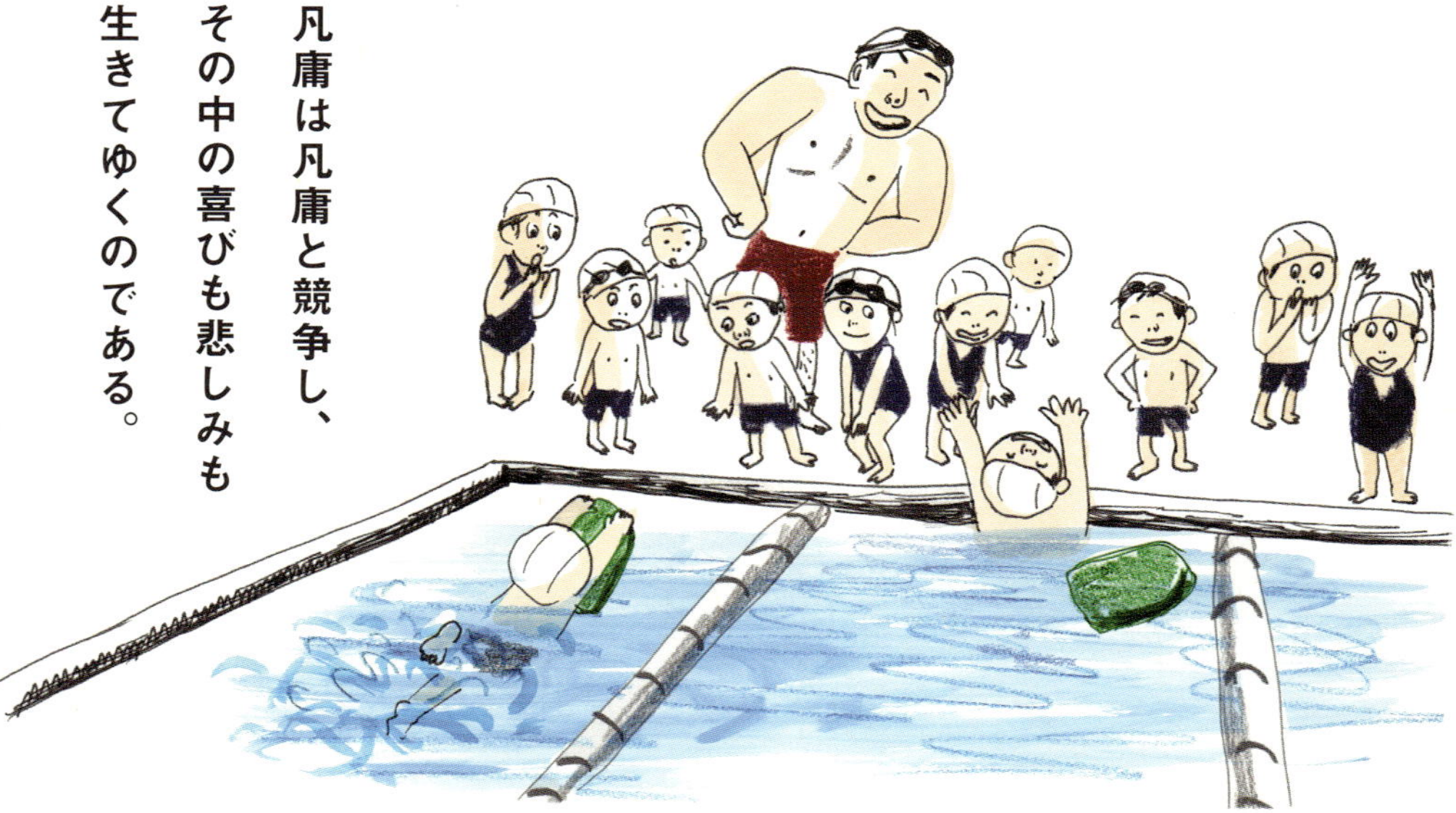

私はそれを見て
実に悲しくなった。
もう英会話はやめよう。

思えば、中学生から十年間
学校で英語を学んだ。

それからアメリカの哲学者で
ブルースをうたう
立派な教師の所に行き、

私はポカンと口をあけていた。

もっと初歩からやろうと、
雑居ビルの中の英会話学校に
行ったが、三ヵ月で
学校がつぶれた。

まだ、あきらめない私は、
英語を学ぼうと発作を起こし、
人に言えないほどの数の
教師を持った。

昔、ミラノの駅前で
変なイタリア人が、
流暢《りゅうちょう》な日本語で話しかけて来た。

彼は七ヵ国語を三ヵ月で
マスターすると言った。
「僕は語学の才能があるんだよ」

「今夜、映画に行こう」
「気が向いたらね」と
私はバイバイすると、

うしろから、変なイタリア男は
「女心と秋の空」と
どなっていた。
才能ってものね。
日本語始めて二十日だって。

私だって少しは努力した。
でも私、特別に才能のない人だったのね。

私はプールのガラス越しに、
水を盛大にとび散らしている
必死の形相の小さい男に、

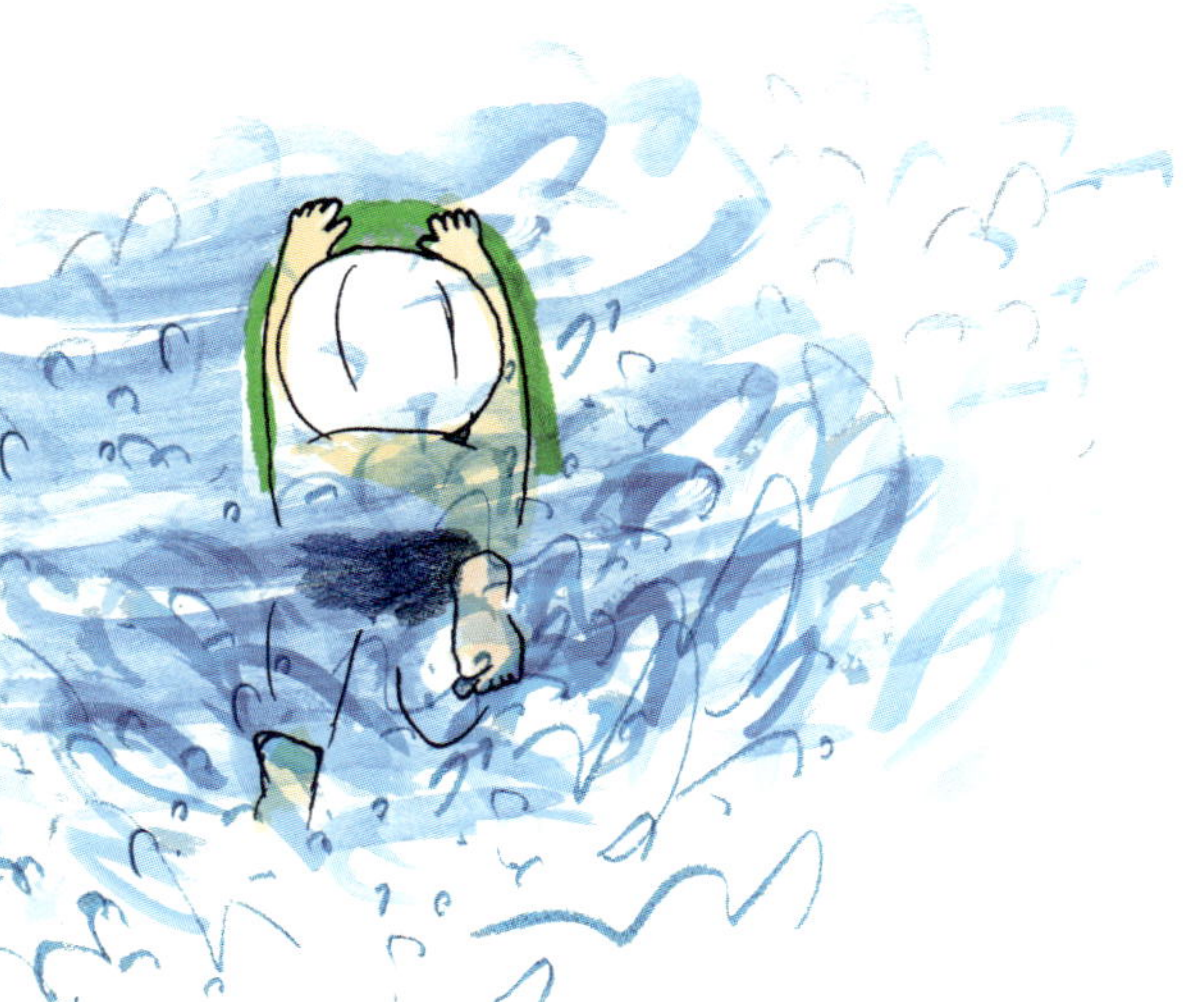

一つや二つ特別に才能なくても、
どうにか生きていこうぜ。
三つや四つ凡庸ってものにも
ありつけるわよと、
見えないメッセージを送った。

その2　出来ます

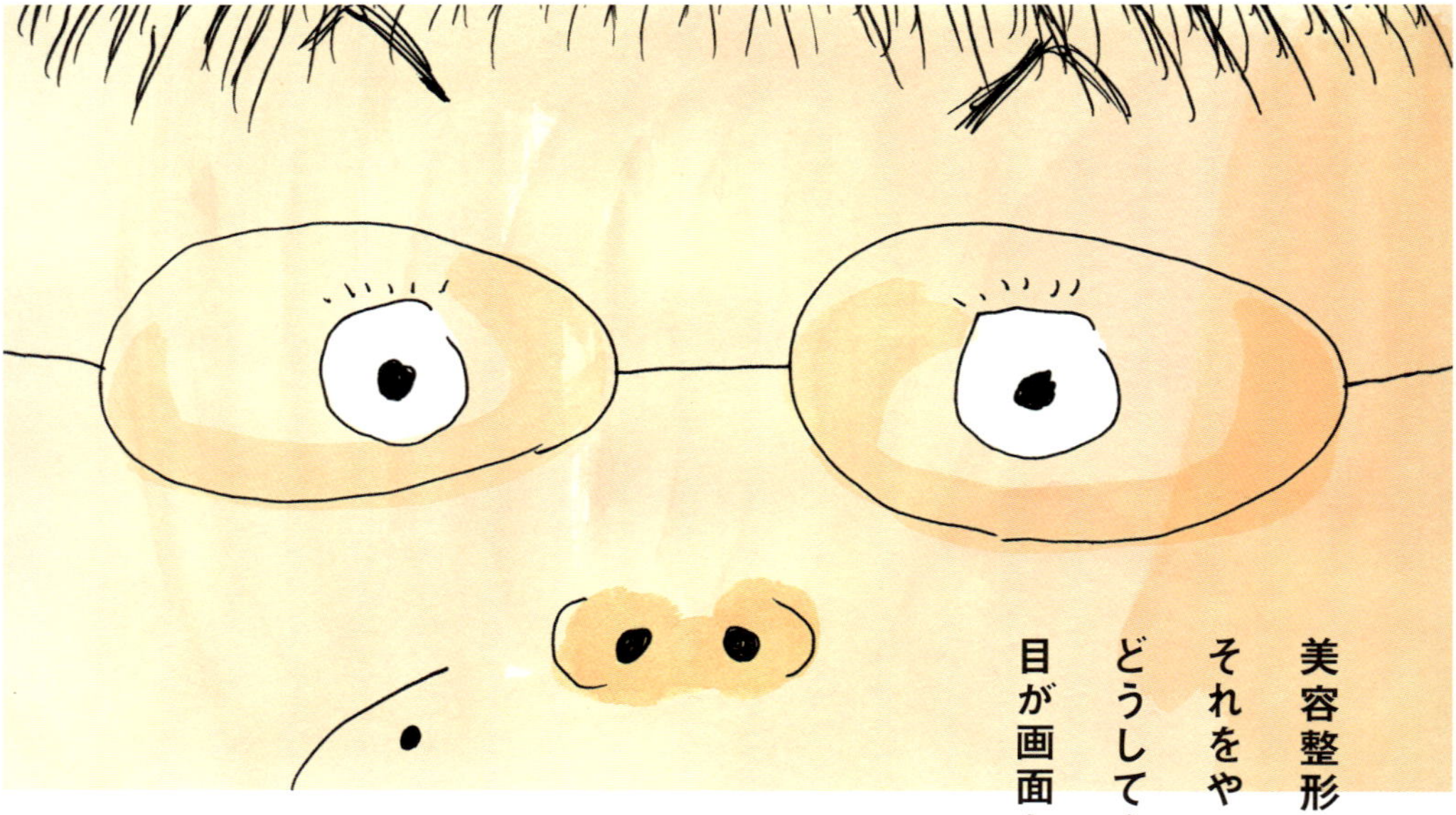

美容整形の実験番組である。
それをやっていると私は、
どうしてもギーッと
目が画面から離れない。

私が思うに、そのまんまで
かわいいじゃんと思える人も
BEFORE

皆
二重まぶたにして、
AFTER

えらが張り気味で
なかなか意志が強そうで、
それが個性というものだ
という人も、
BEFORE

どんどん
けずってしまう。
AFTER

私はいつもながら
ショックを受ける。

ブスのまま明るく
人の目をギッと見ながら
生きてきた私。

「ブスはあっち見てろ」
と言われても、
「テメエ、自分の顔見てから言え!!」と
どなり返していた私。

手術後は皆あいまいな
同じような顔になる。
ああ、世界は平らになる。

デコボコがあってこそ
この世と思うのである。
気に食わん。

しわ、たるみ、しみなどが
花咲いた老人になって、
すごく気が楽になった。

もうどうでもええや、今から
男をたぶらかしたりする戦場に
出てゆくわけでもない。

世の中をはたから見るだけって、
何と幸せで心安らかで
あることか。老年とは
神が与え給う平安なのだ。

と思っていたら、出て来た。
六十四歳の女が。
若がえってもう一度
恋愛をしたいという女が。

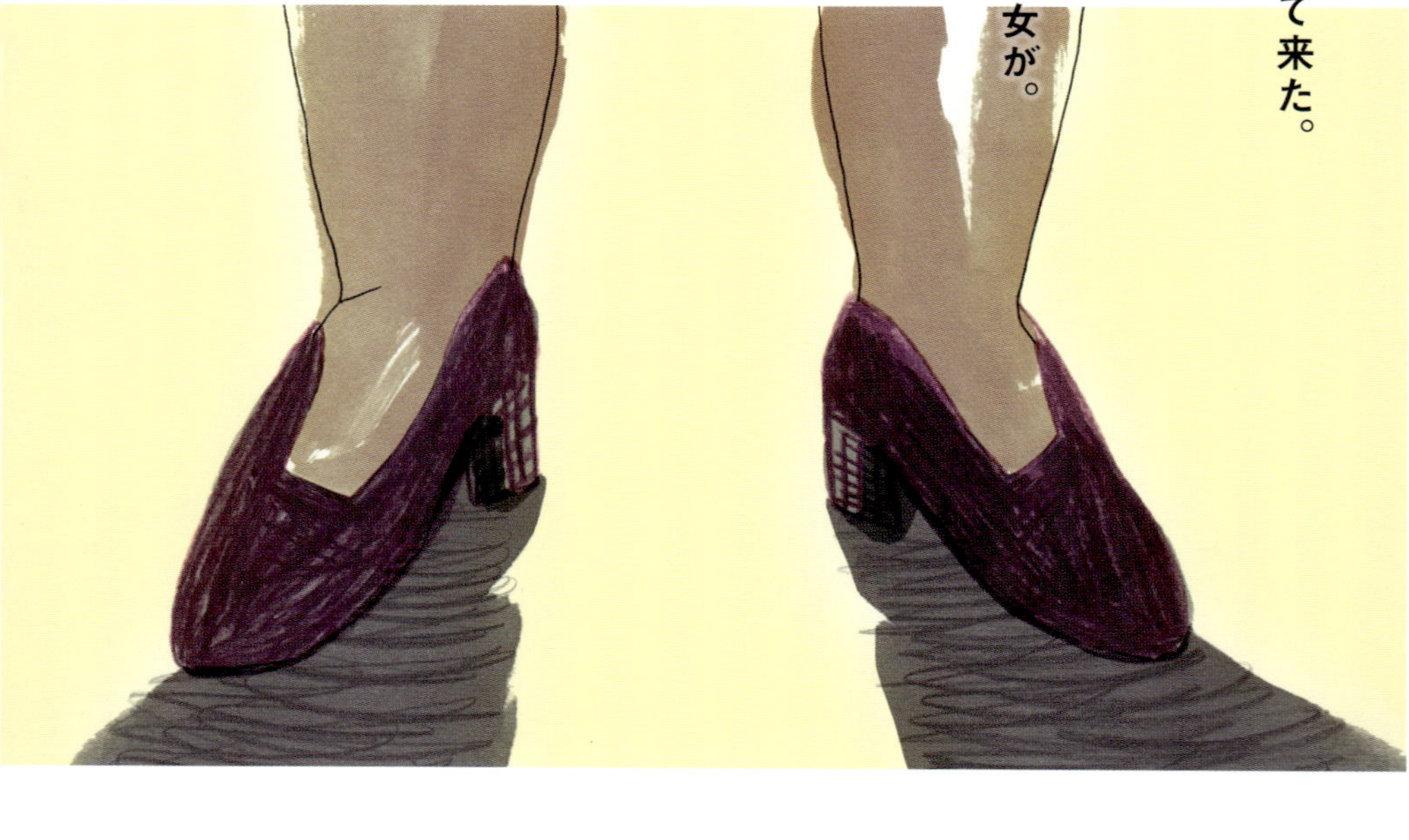

整形後のオバさんが
光の中から現れた。

「ご自分では自分を
いくつと思っていますか」
「五十歳」
「で、恋は」

オバさん、声も整形したかのごとく、
「出来ます」と力強く答えた。
声も何やら艶っぽい。

「一番嬉しいのが、
腰の痛みとひざの痛みが
なくなった事です」
自分の腰もひざも、
五十のつもりになったらしい体の神秘。

私はその後のオバさんを
密着取材したいと思う。

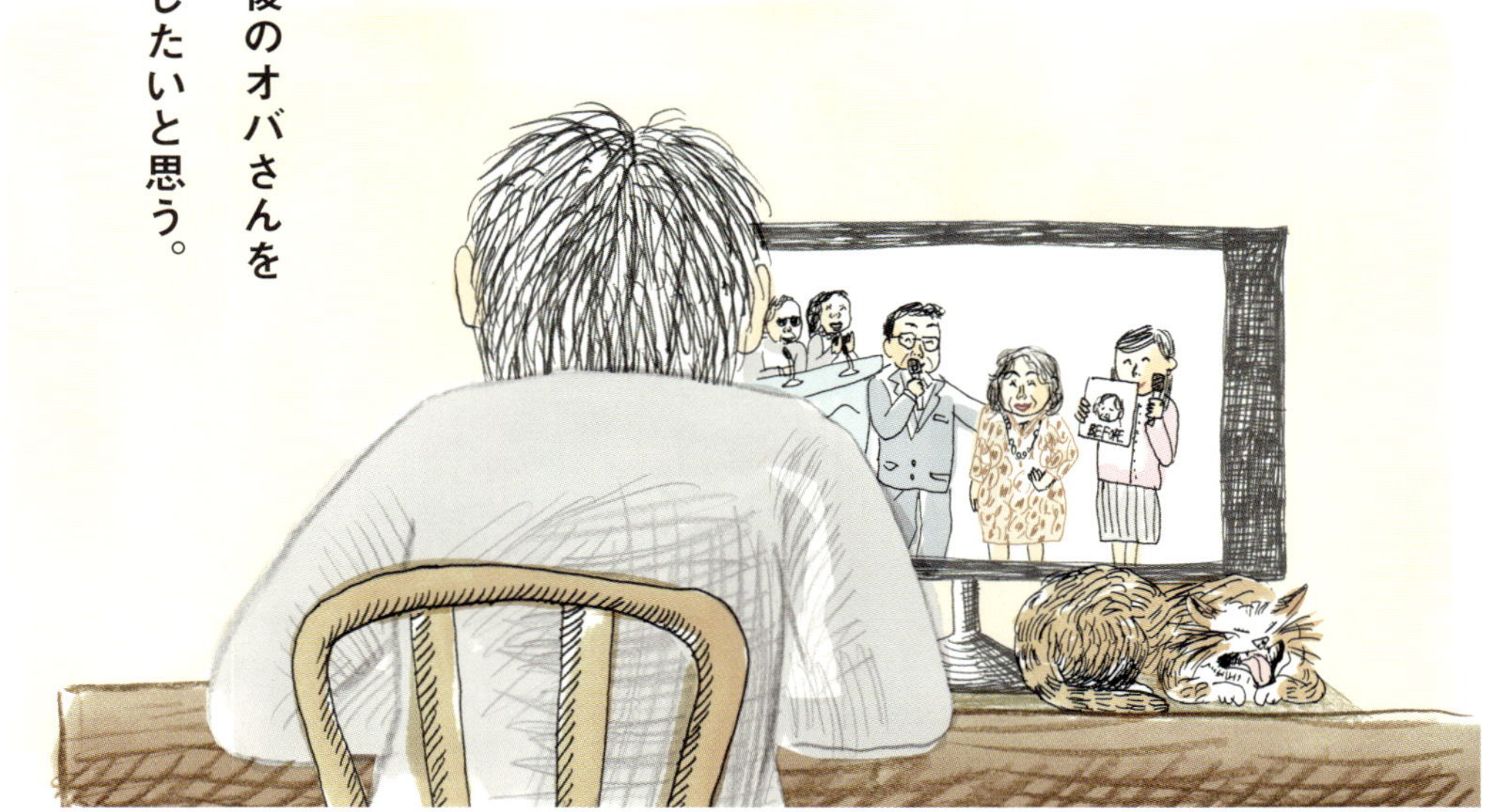

未亡人のかおるちゃんは、
ナイスバディの
六十近い友達である。

同じ老女シングルでも、
かおるちゃんの方が全身女である。
バリバリの現役である。

そう言えば、
かおるちゃん
まだ山登りをするんだ。

当然山登りの仲間がいて、
その日も当然お迎え、
お送りがあって、

ゴルフ仲間もいて、当然……、
当然……、なはずである。
だから、かおるちゃんは
腰やひざが痛くはない。

やっぱり若さとは
異性に対して現役である
という事から生れるのか。

日本中死ぬまで現役、現役と
マスゲームをやっているような
気がする。

いきいき老後とか、
はつらつ熟年とか
印刷されているもの見ると
私はむかつくんじゃ。

こんな年になってさえ、何で、
競争ラインに参加せにゃならん。
わしら疲れているのよ。

いや疲れている老人と、
疲れを知らぬ老人に
分けられているのだろうか。

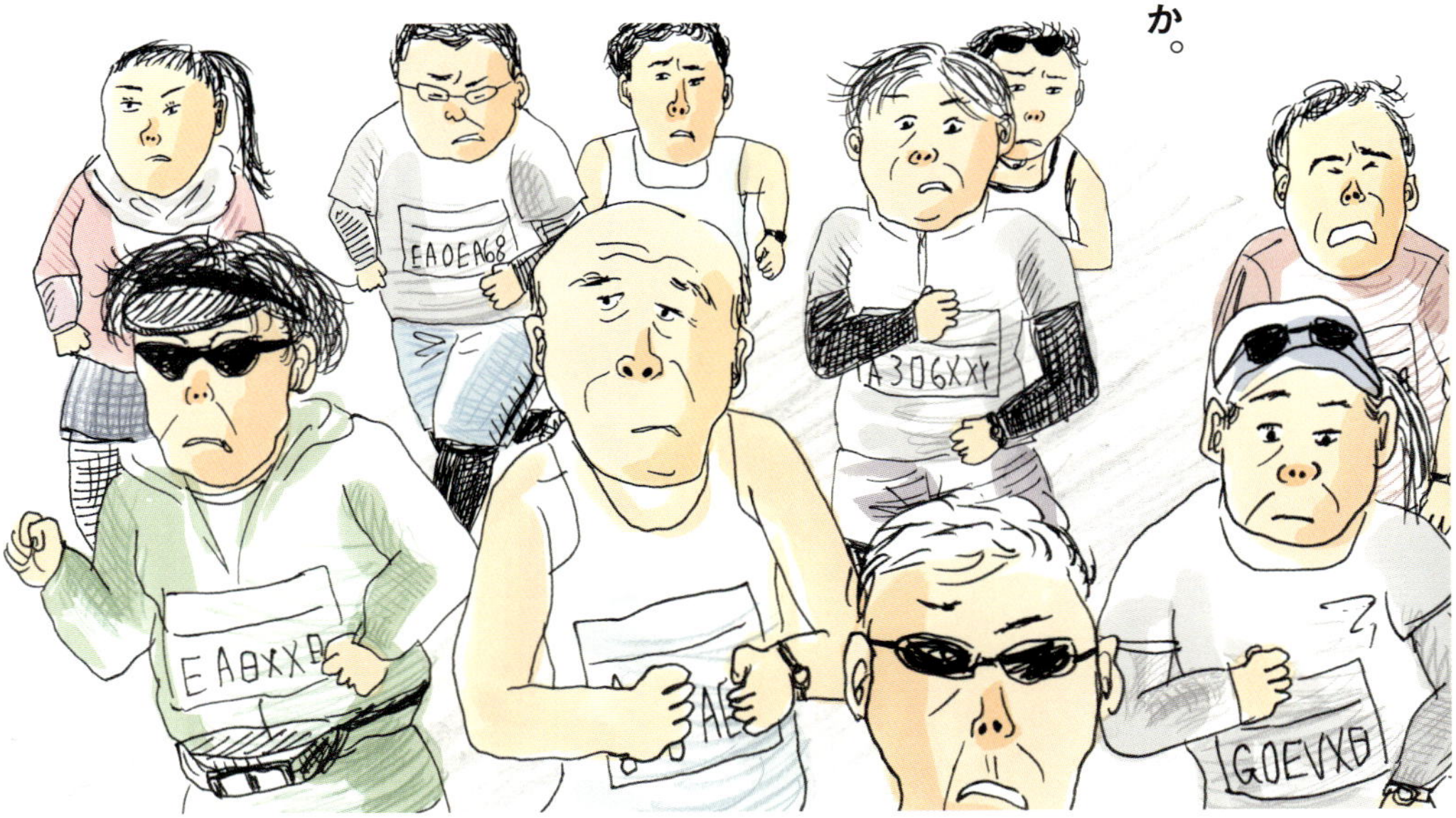

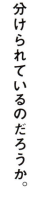

疲れている人は
堂々と疲れたい。

その3　ハハハ、勝手じゃん

私、
わかりません。
わかりませんけど、
私「正義」というものが
大嫌いです。

それが、右でも左でも
上でも下でも
斜めでも嫌いです。

でも、そんなこと
口に出して言うのは
怖いです。
ばれたら、正義の人に
ぶち殺される
と思っているので、

自分だけはなんとか生き延びたい
と思っている私は、
正義の人からかくれ
暮らしたいと思っています。

ずっと前、
子供を保育園に入れていた時、
ミニスカートが
流行《はや》っていたので

私はパンツすれすれの
ミニスカートで、
赤ん坊を車に乗せて
保育園に連れて行っていました。

仲間の、革新的社会主義的な
政治思想を立派に持っている
お母さんから
私は糾弾されました。

ミニスカート、
マニキュア、
車もよくない。

すごく怖かった。それが多分
個人のレベルではなかったので、
怖かったのだと思います。

叔母に
「洋子ちゃん、いい年をして、
子供もいるのに、何、
おしり丸出しにして。
それにあの黄色い派手な車、
もうちょっと、品のいい色に
しなさいよ」と言われた時は、

「ハハハ、勝手じゃん、
誰かに迷惑かけてる？」と
笑っていました。

同じこと
言われているのに、何故《なぜ》
「ハハハ、勝手じゃん」と
言えるのでしょうか。

私、いつも
「ハハハ、勝手じゃん」と
言いたいのです。

このように、
私は何もわからない阿呆《あほう》ですが、

どんなことがあっても、
戦争で若い奴《やつ》らを殺したり
殺されたりしたくないと思います。

それで
そのために何をしているかと
言われると何もしていません。

何もしていませんが、絶対に、
昔の国防婦人会の側に回らない、
淡谷のり子になる、
と固く決心しています。

はさみを持って、
他人のたもとを切って、
パーマの頭を切ったり
化粧も弾圧した時、

淡谷のり子は
ぎんぎらぎんのあの化粧と、
どっ派手な洋服で、

チャラチャラして
それで押し通したと
言われています。

これは大変な勇気と思います。
考えるだけで、
胸がドキドキするほど
勇気がいると思います。

私は一般大衆です。
私は一般大衆というのが
一番恐しいものだと思っています。

その一般大衆の中で、終始一貫
淡谷のり子でいよう、死ぬまで
変らぬ個を守り通そうと思うと、
勇気がわいて来ます。

でも私、
拷問《ごうもん》になんかかけられたら

ひとたまりもなく
寝がえるんじゃないかと心配で、
ねむれません。

何主義でも、私は私だよと
言えればいいんです。

淡谷のり子 名曲集
ベスト盤

その4　大きな目、小さな目

七歳位の時のピカソの絵を
見たことがある。子どもの絵ではない。

どこにも子どもらしさはなく、
正確なデッサンと情感に舌を巻く。

ピカソには子ども時代は
なかったのだと思った。
生れつき天才的
プロフェッショナルだったのだ。

染色と織り物をやっている
友達がいて、

どこかの雑誌で、
子どもと一緒に鯉のぼりを作る
という企画があった。

彼女の息子二人と
うちの子どもの
三人で作った。

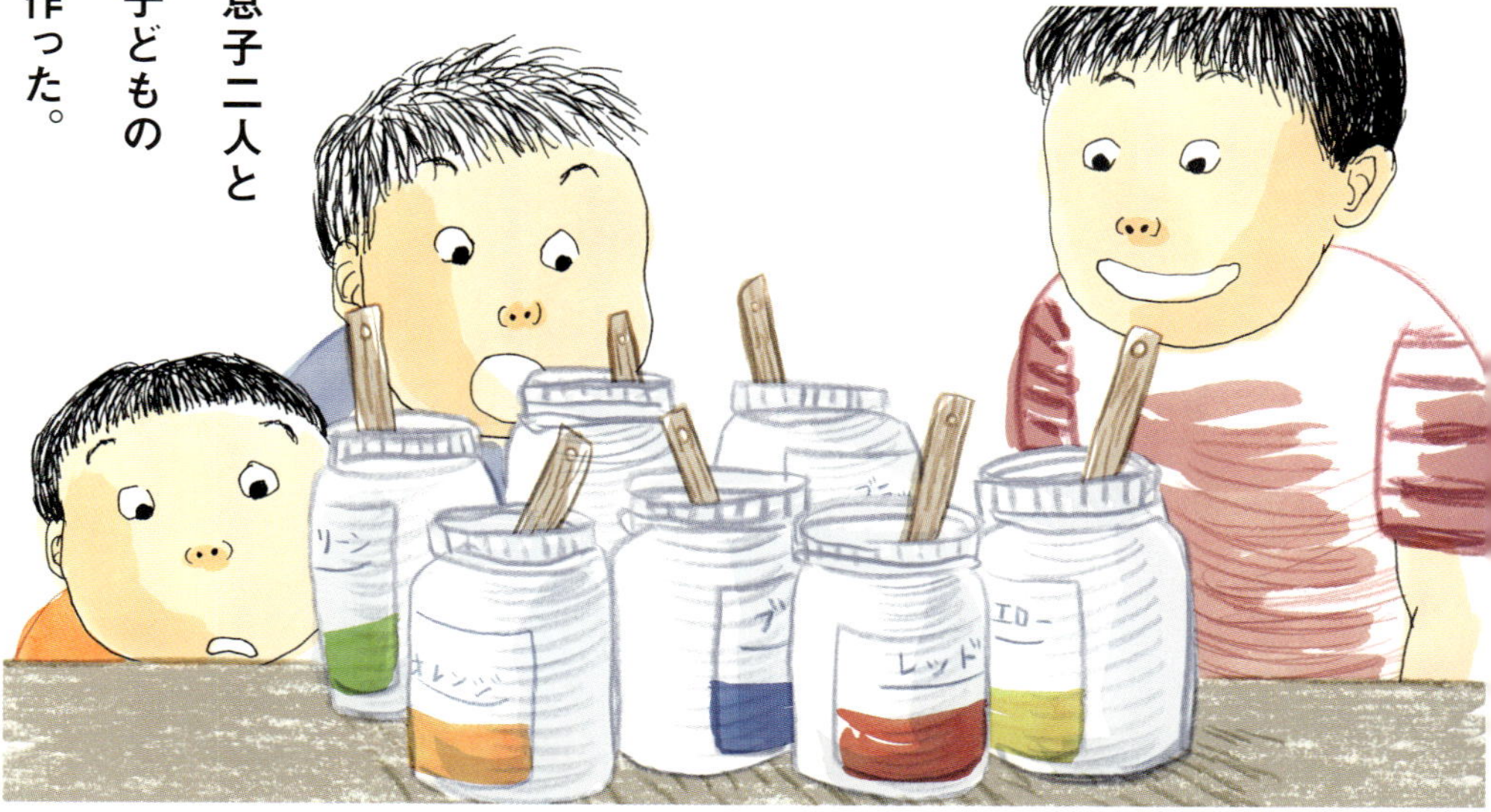

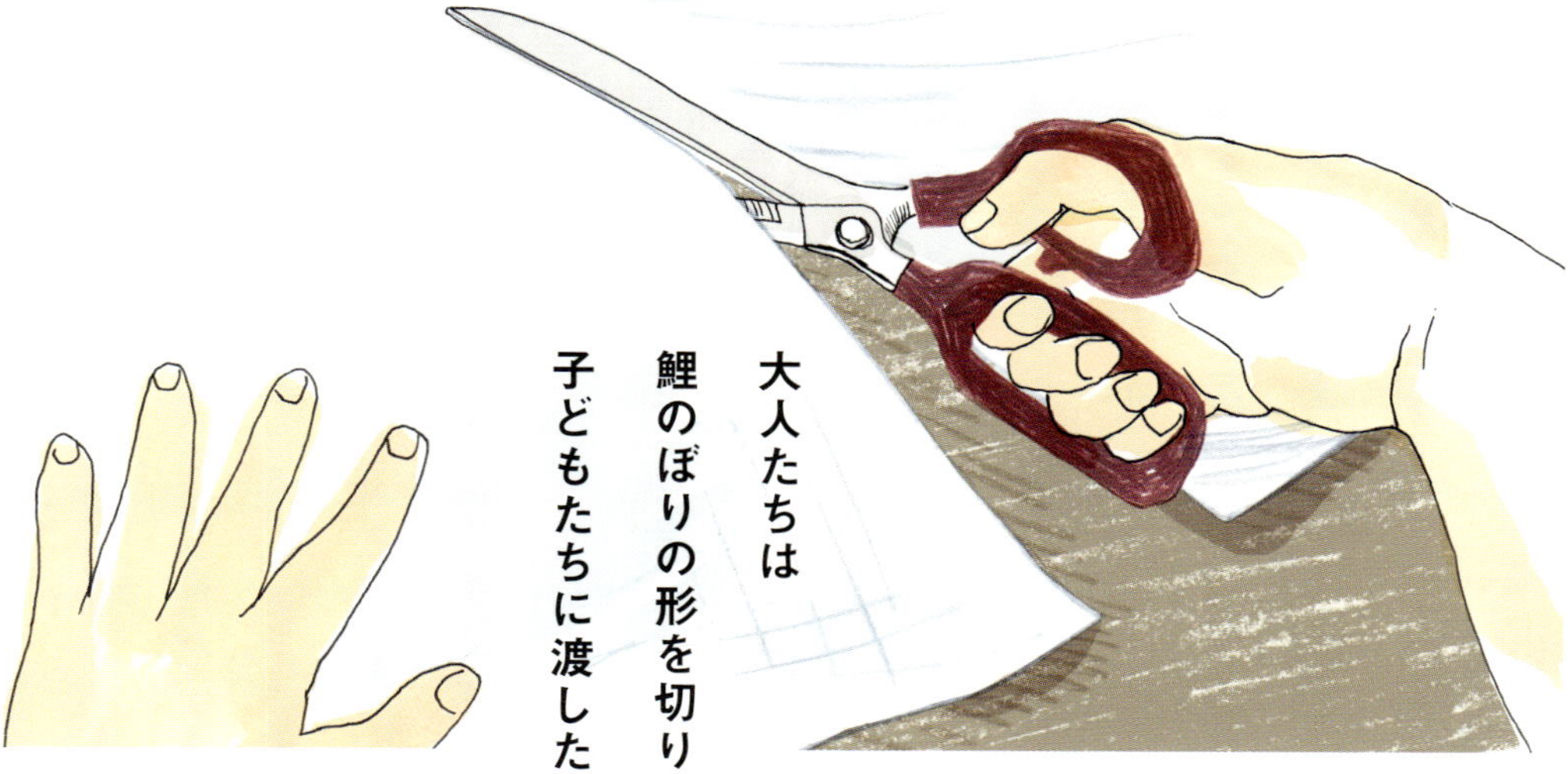

大人たちは
鯉のぼりの形を切り抜いて
子どもたちに渡した。

子どもたちは興奮し、
やっためたら原色を
太い筆でのたくり回した。

またたくまに十五匹位の
のたうちまわるようなパワーの
鯉のぼりが出来た。

一番大きいひごいと
まごいを
二人の大人が作ったが、

馬鹿みたいに凡庸で、
うろこなんかを
律義に描いているのだった。

海岸に行って、撮影した。

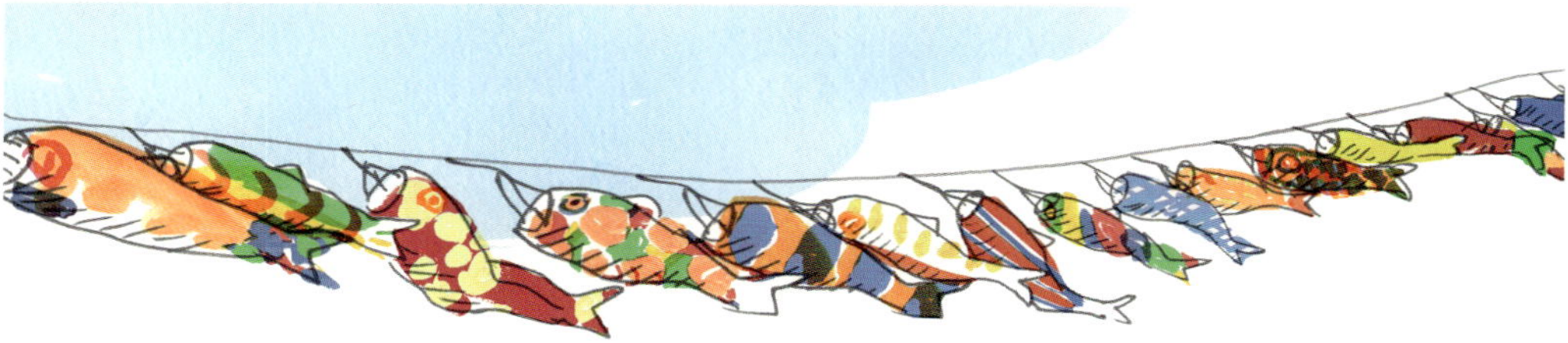

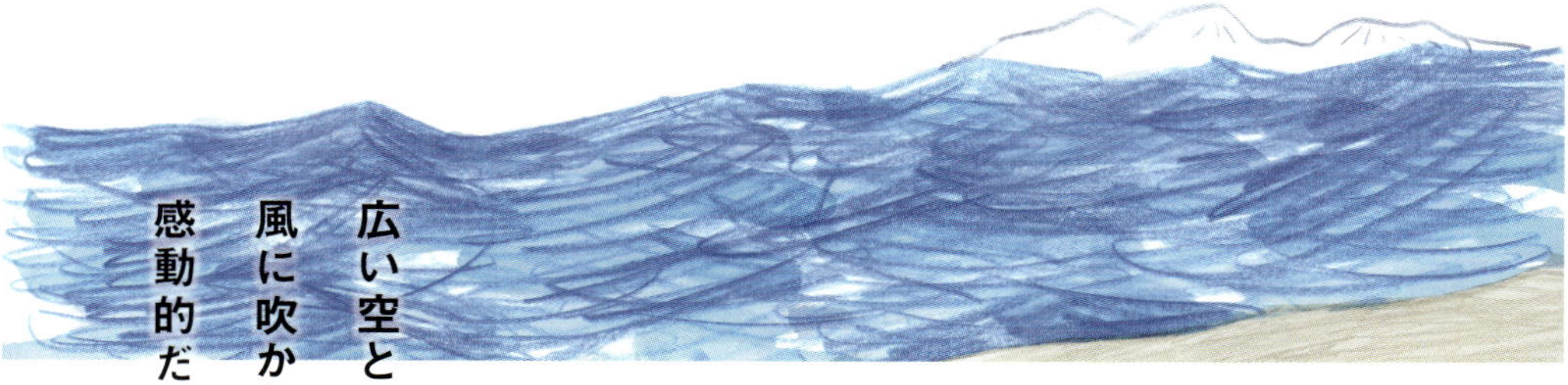

広い空と青い海に二十匹近い鯉が
風に吹かれている様は、
感動的だった。

一番大きなまごいとひごいは
死んだようだった。二人とも
美術学校出だったのだけれど。

二人で、「何だか恥かしいね」
と顔が赤くなったり
「うちの子ら天才だわネ」
と笑ったりした。

三十三年たった。
その友達が、
浅間の見える高原に
古民家を移築した。

二百年もたった農家で、
ばかでかいのだった。

そして
こぶしの大木があった。

ぼんやりした春の青空に
こぶしの白い花が、
盛大に咲いた。

友達が三十三年前の鯉のぼりを
つなを張ってつるした。
色もあざやかな
あの異様なパワーの鯉のぼりが、
浅間をうしろに泳いだ。
ちょうど五月五日だった。

「やっぱ、うちの子たち、
あの頃は天才だったねー」

エネルギーに満ちた元気な、
どんな高価な鯉のぼりよりも勝る
子どもたちの鯉のぼりがあった。

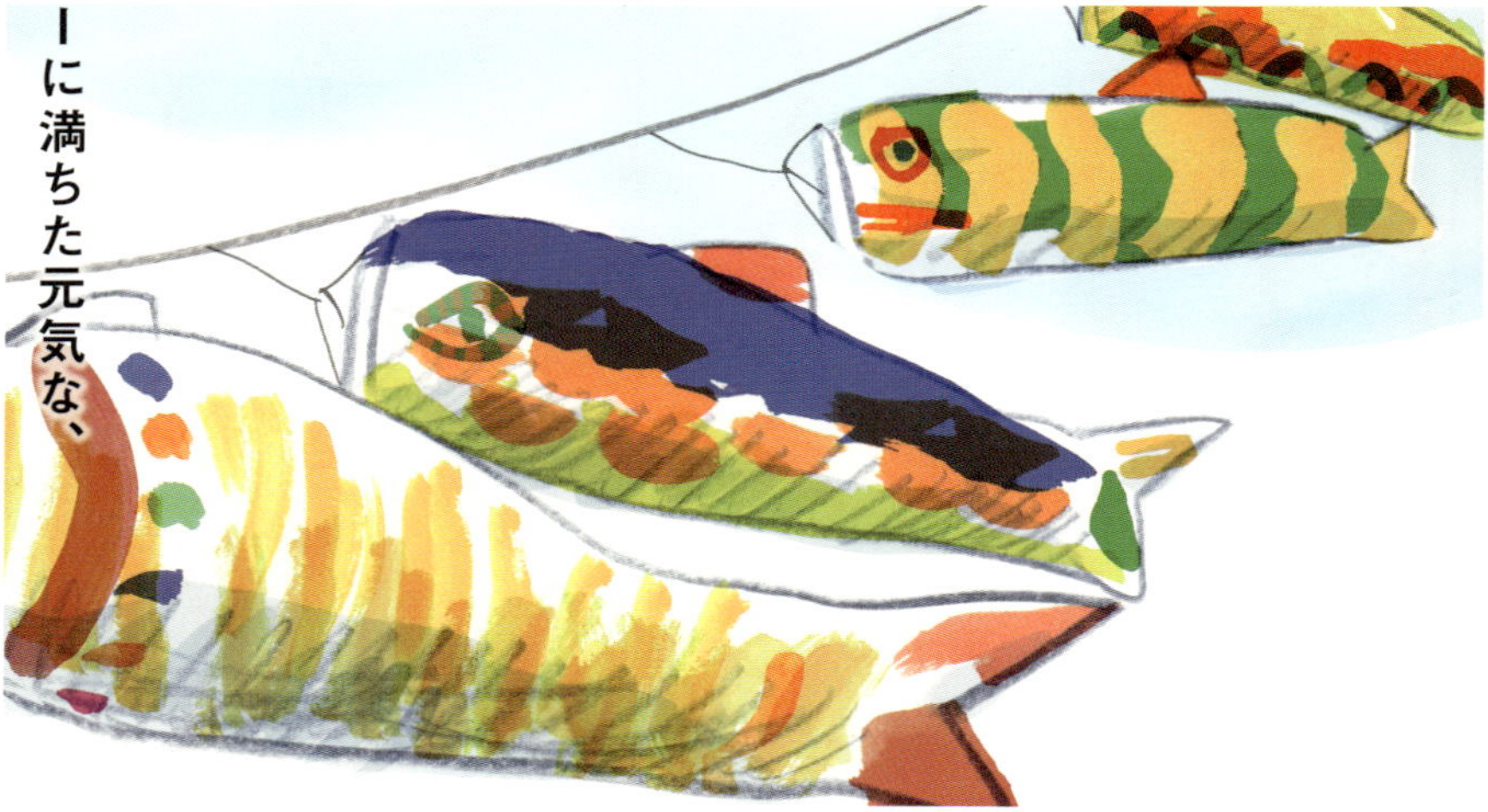

目など顔と思われるところに
はみ出さんばかりに
描いてあるかと思うと、
目などない鯉もいた。
なにか全体がユーモラスで、
声をたてて笑えて来るのだった。

「あの子たちに
見せてやりたいね」
「もうはげ始めているよ」
かつての天才児たちは
フツーの大人になってしまった。

老いた母たちは、
来年も、あの鯉のぼりを
見ようと思っている。

そしてわかった。
ピカソは成熟して生まれ、
年を経て、子どもになりたかった
天才だったのだ。

その5　神様はえらい

「うちにね、娘が
二人いるんですけどね」と、
ちゃんと背広を着た男の人が
私に言った。

「年子ですよ。上が六歳で
下が五歳なんですよ。

金魚が死んじゃったんです。
そしたら二人でお墓作るって
言うんです。

上の子はですね、
まあ掘って掘って
掘るんですわ。

そんなに掘らんでも
いいだろってつい言ったら、

怒りましてね、
猫が掘って
食べちゃうじゃないかって。
なかなかきちんとしていると
思いましてね。

それで妹見ましたらね、
そのへんの落ち葉ぱっぱっと
集めて来ましてね、

その上に金魚置いてね、
また落ち葉パラパラとまいて
おしまいなんですわ。

私、腹立ちましてね、
おねえちゃんを見なさい、
いいかげんなことするなって。

そしたら妹が、
そんな穴の中にぎゅぎゅづめにしたら
苦しいじゃないの、
暗くて寂しいじゃないのって
泣いて怒るんですわ。

いやあ違うもんだなあと
感心しました」

もう世の中って
この二つのタイプに
分けられちゃうのね。

やたらくそまじめと、

他人から見ると
いいかげんなヤツ。

世界に男と女がおよそ半分位に
ばらまかれているのと同じに、
この二つのタイプがちょうど
いいかげんに分布している。

ミラノでルームメートを
何年もやっていた
絵かきの卵だった
テルちゃんとあこさん。

部屋の半分はぐっちゃぐっちゃで、
サンダルもワンピースも
ぬぎっ放して、

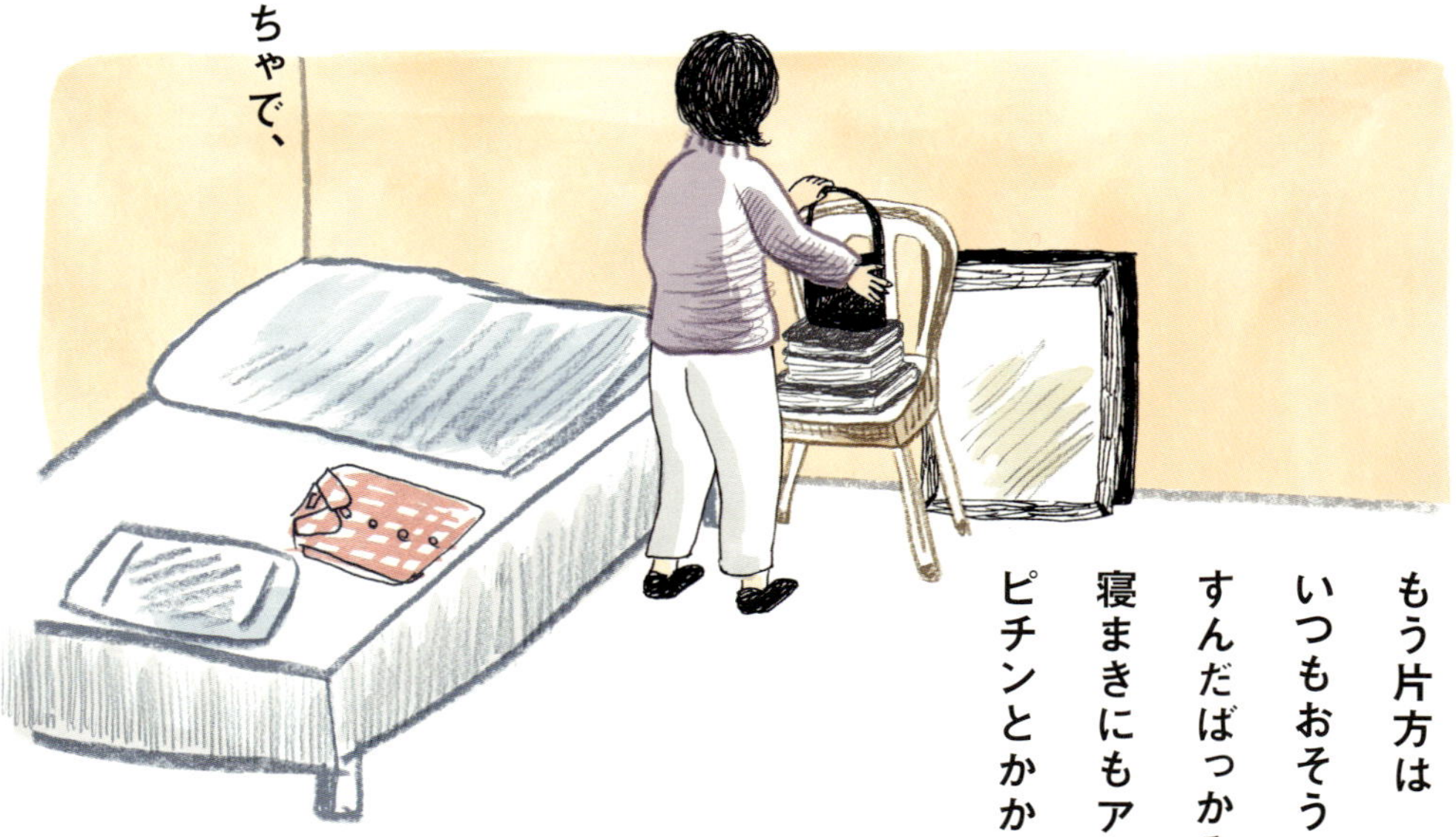

もう片方は
いつもおそうじが
すんだばっかみたいに、
寝まきにもアイロンが
ピチンとかかっている。

「テルちゃん、何で私が
あなたがひっかけてきた男と
デートしなくちゃいけないの。
この前言ったでしょ、
今度は本当に大丈夫ねって」

「お願いよ、今度だけ。
ネ、佐野さん、
人生ってそういうもんだよね」

「ねえきいてよ、
もう六人目なのよ、
テルちゃんのあと始末するの」

「すまない。でも
人生ってそういうもんだよね」

私はあこさんと二人っきりの時、
「どうしてテルちゃんと
別々にならないの」ときいた。

「私だって、そうしたいわよ。
だけどね。
あの人といないと、
生きているばかばかしい
はずみってものが
なくなっちゃって寂しいのよ」

いいかげんなヤツばっかでも
くそまじめだけでも
世界は完璧《かんぺき》にならない。

神様はえらい。

その6　あ、これはダックスがお父さんだ

わずかな庭がある家に
引っ越した時、柴犬の雑種の
仔犬を獣医さんがくれた。

茶色のころころした仔犬で、
耳がたれていた。

次第に耳は立ち上がり、
いつでも困惑しているような
風貌になって来た。

体もずっと長くなって来た。
しかし、足の長さは
もらって来たまんまの
長さなのである。

彼女は土管のような胴体を
ひきずらんばかりに
かけ出すのである。

私は初めて
こんな形の犬を見た。

私は柴犬の雑種だと言った獣医に
文句をつけたかった。

注射をしに行った時、
医者はこともなげに、
「あ、これはダックスが
お父さんだ」とうれしそうに
言ったのである。

その時はすでに
桃子という
かわいい名前を
つけられて、

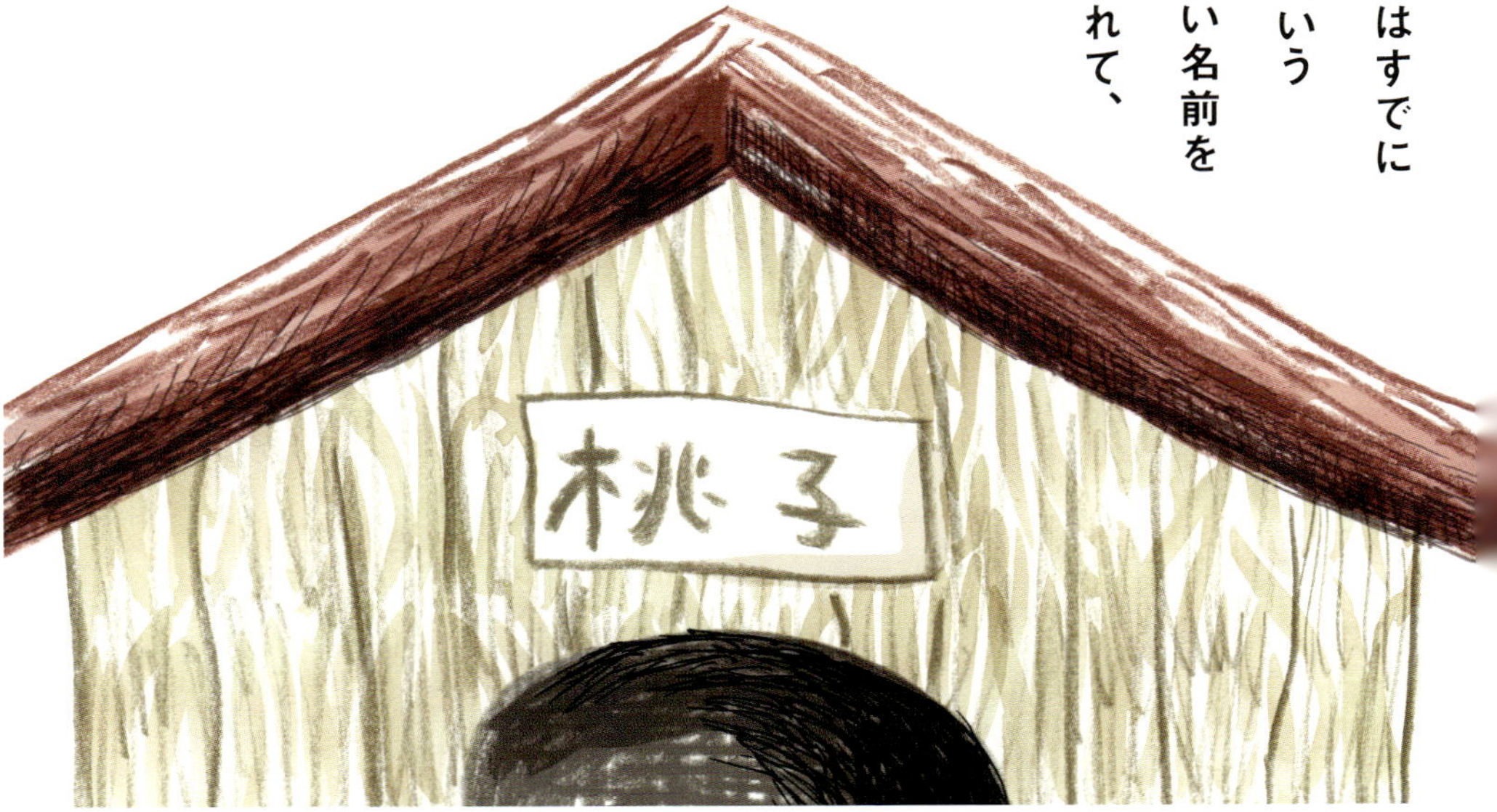

かけがえのない我が家の犬に
なってしまっていたので、
今さら足をのばすわけにも
いかないのである。

春が来て、
家の前の田んぼがれんげ畑になった。

桃子は、れんげにむらがる
はちを追いかけて
笑いころげるのである。

犬は笑わないと言うが、
桃子はよだれを出して
困った顔つきのまま
笑いころげる。

れんげの中で
背中だけ半分見せて
走りまわる桃子は
立派な柴犬である。
私はしばしし見とれる。

しかしれんげ畑から
道に上って来ると、
慣れている私でもギョッとする。

息子が夕方
散歩につれ出すと、

由緒正しい犬を
お散歩させていらっしゃる
きれいなお姉さんが、
息子に言ったのである。

「うちの犬は、
血統書つきだから、
桃子ちゃんと遊べないの」
私達はひどく傷ついた。

犬を連れて
ドライブに行く。

ドライブインで私達が降りると
桃子は窓から顔を出して
よだれを出して待っている。

通りがかりの人が、
「やあ、柴犬だ。
かわいいな」

私達はおしっこのために
犬を外に出す。
すると、彼らは
桃子の足と私達の顔を見て

ゲラゲラと笑い出すのである。
そういう世間の目にも
すっかり慣れて、

いくつかの季節を重ねて、
私達の情もその短い足の上に
のっかっている桃子そのものに重ねていった。

桃子が犬なのである。
私は今、街で
他の犬を見ると驚く。

足が長すぎるのである。
長すぎて不様なのである。

「見なよ、あの足、
ひょろけちゃってさ、かわいそーだね」
「かっこわりぃ、犬らしくないね」

愛は身近にいるものを
いつくしむところから生まれて、
それは実に
不公平なえこひいきで、
美意識すら変えるものなのだ。

その7　腹が立っている時は……

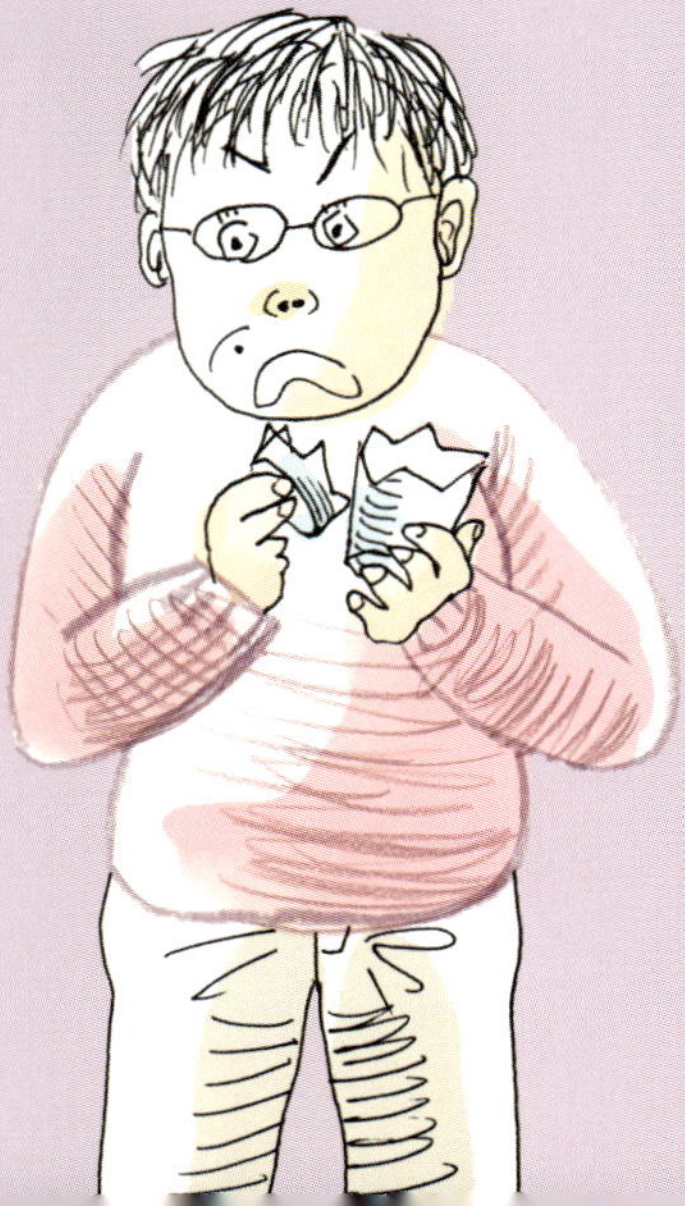

私は
気分転換などしない。

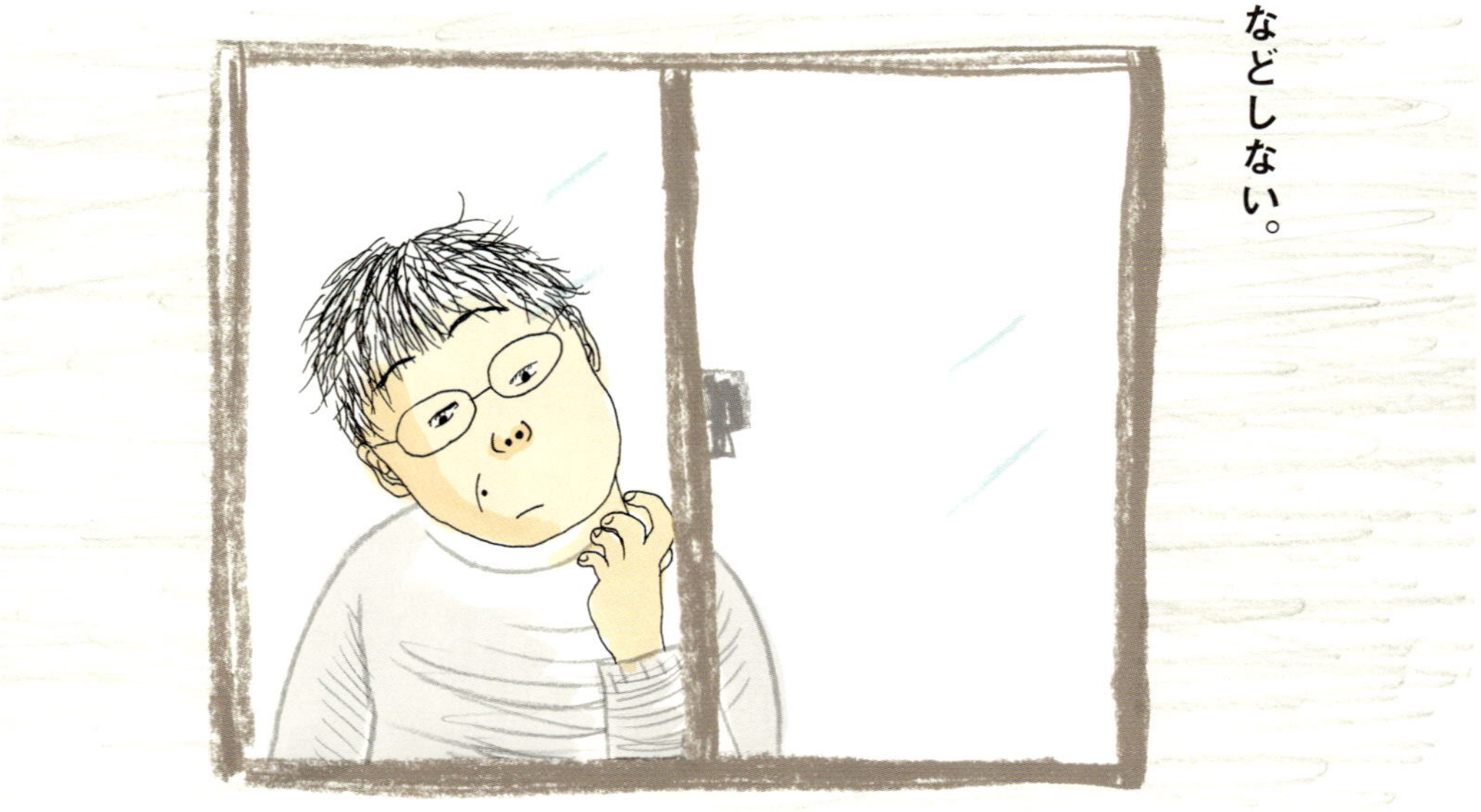

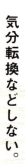

気分転換する必要はない程
陽気で幸せな人なのではない。
ほとんど常に
かぎりなく滅《め》入《い》っている。

おまけに体が怠けもので、
気だけせわしなく忙しいので、

ごろりと横になって
先から先へと心配ばかりしていて
体安まって心休まる時がない。

何が人生楽しいかと言われると
それが楽しくてやめられない程
千年も万年も生きたい。

気分転換など自分でするものだと
思っていない。
あちらからやって来る。

例えば
何となく本屋で為になって
利口になりそうな本を買う。

読み始めて
私はびっくりする程腹が立って来る。
読みながら叫ぶ、
「もうちょっと
恥を知って下さい、恥を」

あんまり腹が立つので、
腹が立ったところに印をつける。
読むのはやめない。

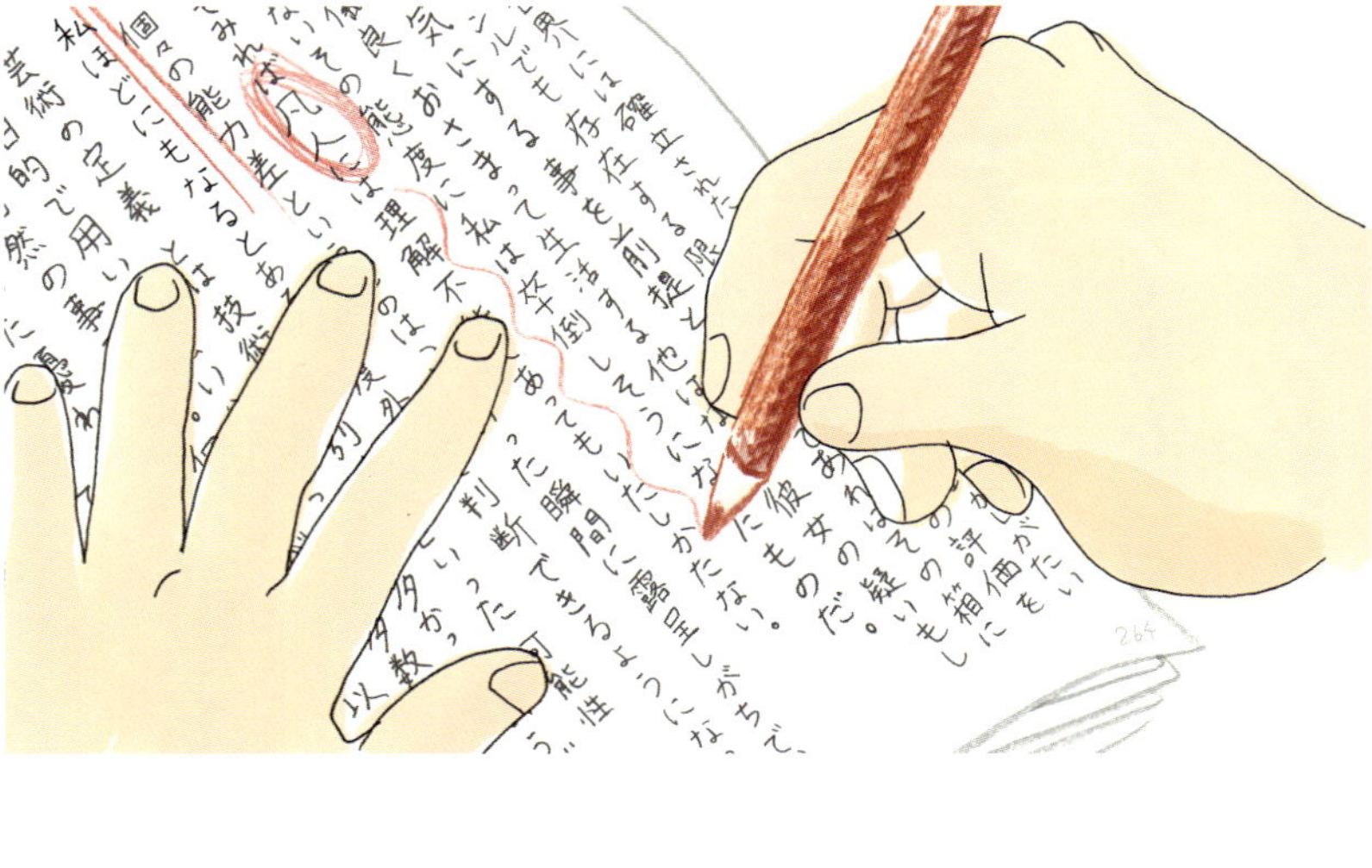

読み終わったら
憤然と本をたたきつけて、
また本屋に行って同じ著者の
別の本を買って来る。

その人の本を
全部読んでしまう。

腹立てっぱなしで、
腹が立っている時は自分が
実にまっとうな人間であるような
気がして元気が出る。

勿論好きな本にめぐり逢えば
文句なく幸せで、ああ字が読めて
よかったと思う。

この間ふと郵便局で
きれいな記念切手が
あったので買った。

次々に買いこんで来た。
並べているうちに、
その切手を使いたくて
仕方なくなったので、

※切手の価格は以前のものです（以下も同じ）。

シートをピリピリ破いて、
これは使う分ととり分けた。

しかしとり急いで手紙を書く
ところなんてどこにもないので、
十年も逢っていないアメリカに
いる幼ななじみに手紙を書いた。

そして一番きれいな切手を
ペロリとなめてはった。

突然手紙が来て
びっくりするだろうなあと
思いながら同じ家に住んでいる
息子に手紙を書いて
二番目にきれいな切手を
ペロリとなめてはった。

それから事務的で
いやなはがきを書いて
一番嫌いな切手を
ペロリとなめてはった。

そしてポストに入れて、
また記念切手を申し込んで来た。

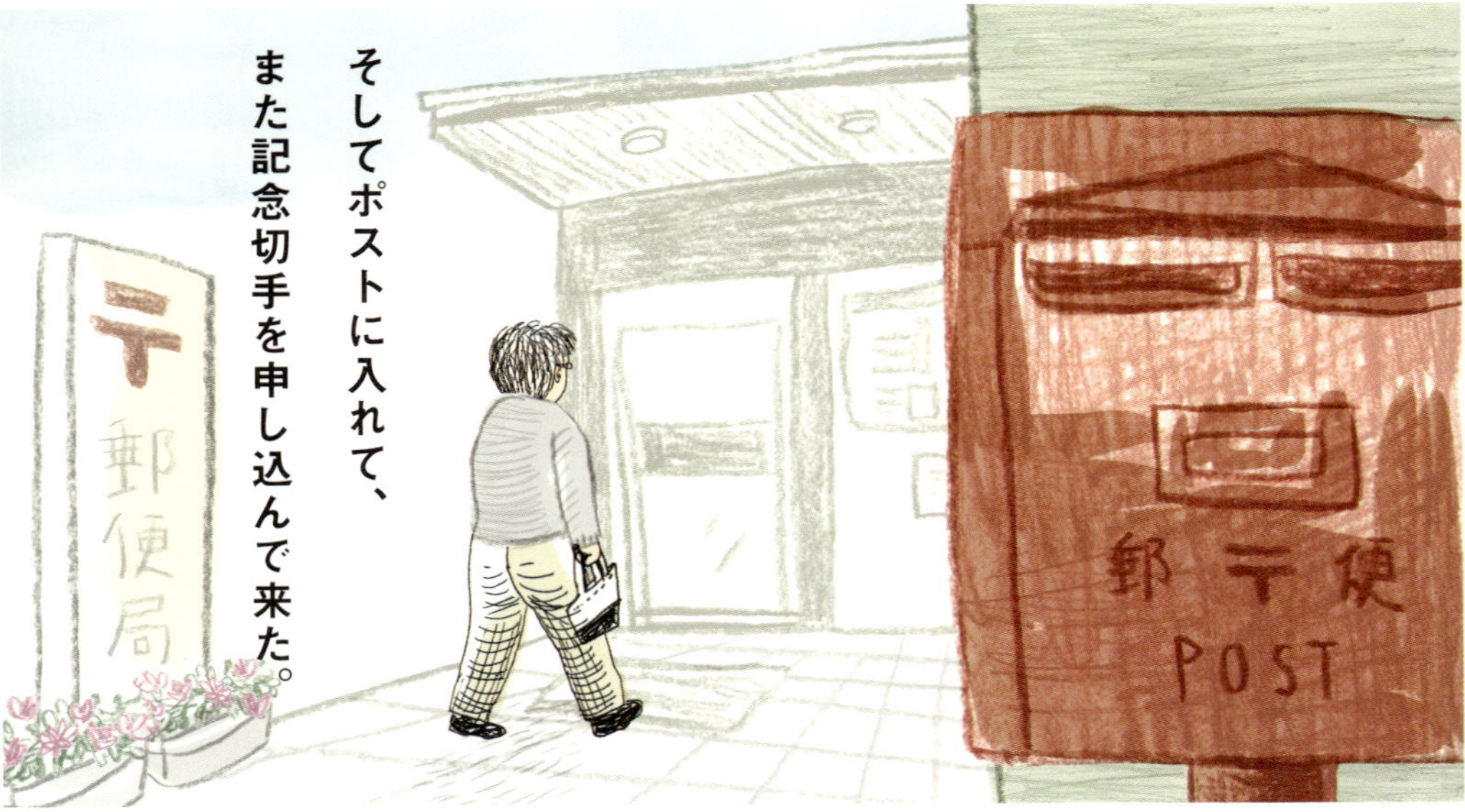

ペロリと切手をなめる事を
考えるとうれしくて
元気よく起きてしまう。

でもこのペロリも
来るところまで来た感じで
昨日は自分に手紙を書いてしまった。

今日待っていたら、
赤いスクーターが
私に手紙をとどけてくれた。

切手ペロリに
飽きてしまっても心配しない。

ほんのつまんないことが
また向こうからやって来てくれて、
それと手をとり合って
元気よくやっていきたい。

その8　こんぐらがったまま、墓の中まで

若いということは
残酷で鈍感なことである。

私は十九の時、
三十過ぎた人を見て
人生何の楽しみが
あるのだろうかと思った。

その十九の私が十九の青春を
十分に生きて楽しかったか
と言えば一人の恋人もなく
孤独であった。

そして時々
吸いよせられるように
叔母の家に行った。

叔母の家には血縁でつながった
どうにもならない人間たちが
ゴロゴロころがっている。

血縁ばかりでない。
近所のオバさんがガラガラと
勝手口から入りこみ

嫁の悪口を何時間も
まくしたてた。

若い私は馬鹿馬鹿しいと思い
「息子をいつまでも
自分の持ち物と思う馬鹿な女」
と思いつつ、

魚のしっぽを
「こっちの方が体にいいのよ」
と食べさせる嫁の話が
面白くて仕方ないのである。

「体にいいなら
この子にやんなくっちゃ」と、
「孫のお魚ととり換えちゃった」と、
姑のほうも闘志満々である。

それから十年、
私は何の明確な目的もなく
ベルリンに住んだ。

私はまたしても
孤独であった。

台所からは大きな家に
一つだけ紅いスタンドに
灯をつけて微動だにしない老婆が見えた。

彼女はいつ食事をして
いつ起きて来るのかわからないほど、
じっとしていた。

私の下宿の七十の婆さんは、
夜になると古めかしい
フロアスタンドの下で

すり切れたトランプで占いを
何時間もしていた。七十にして
まだ占う未来があるのだ。

公園に行くと
ベンチにびっしりと老人が座っていた。
彼らはただ座っていた。

長い歴史の中で人間の
行く末として当然のものとして
その孤独を引き受けているのだと
私には思えた。

しかし
いかに長い歴史と習慣が
個に徹することをたたき込んでも
孤独は孤独なのだった。

切っても切れない
血縁のしがらみの中で泣き、
怒り、疲れている日本人は
しかし、その血縁の中で
自分を生かして来た。

今、
急激に日本人は変化しつつある。
縦につながって来た血縁を
私たちは個の確立のために
切ろうとしている。

そして個になっても
人間は個だけでは
生きられないことを知り、
孤独に追い込まれてゆく。

「人に迷惑をかけない、
かけられない」という
戦後日本のモラルを
再検討すべきではないか。

泣き泣き人の迷惑をひきうけ、
泣き泣き人に迷惑をかける、
これは大変なことであり、
精神力と体力と
経済力のかぎりを要求されるが、

憎むべき相手も持たない
ベルリンの老婆たちの
孤独を思う時、

やぶれかぶれに、人間関係複雑で
糸目がどこにあるやらわからず、
こんぐらがったまんま
墓の中までもつれ込みたい
と思うのである。

その9　段々畑を上がっていった家にお嫁にいった

伯母は生まれた家から五分
段々畑を上がっていった家に
お嫁にいった。

お嫁にいった家から
生まれた家の屋根も
カキの木も見えていた。

口うるさく
耳の遠い舅の世話をし
十人の子供を生み育てた。

畑仕事の嫌いな亭主が
村役場につとめていた。

畑仕事は伯母が
黙々とやっていた。

私は伯母が
畳の上に座っていた
という記憶がない。

いとこの家に遊びに行くと
伯母は土にまみれたもんぺ姿で
いつも私に向かって
笑った。
私は伯母が好きだった。

いとこは「父ちゃんは
むしゃくしゃすると
田んぼで働いている母ちゃんを
田んぼに埋めちゃうんだよ」
といった。

「伯母さん、どうするの」
「だまって帰って来て
体を洗うんだよ」

「おこんないの」
「だまっているだけだよ」

私には伯父だって
優しく見えたので、
この目で見てみたいと思った。

晩年、伯母は脳軟化症で、
五年も子供のようになってしまった。

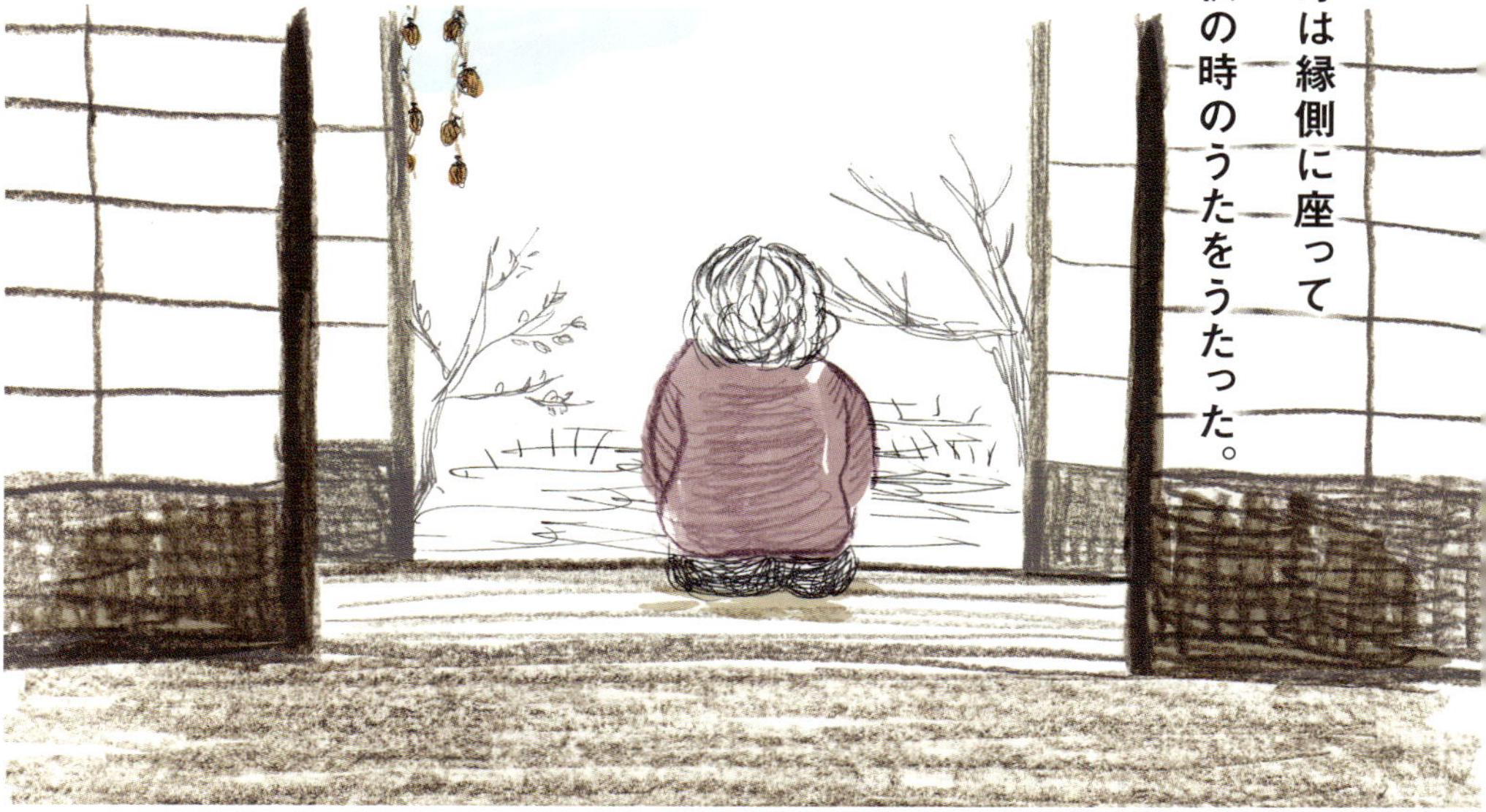
伯母は縁側に座って
子供の時のうたをうたった。

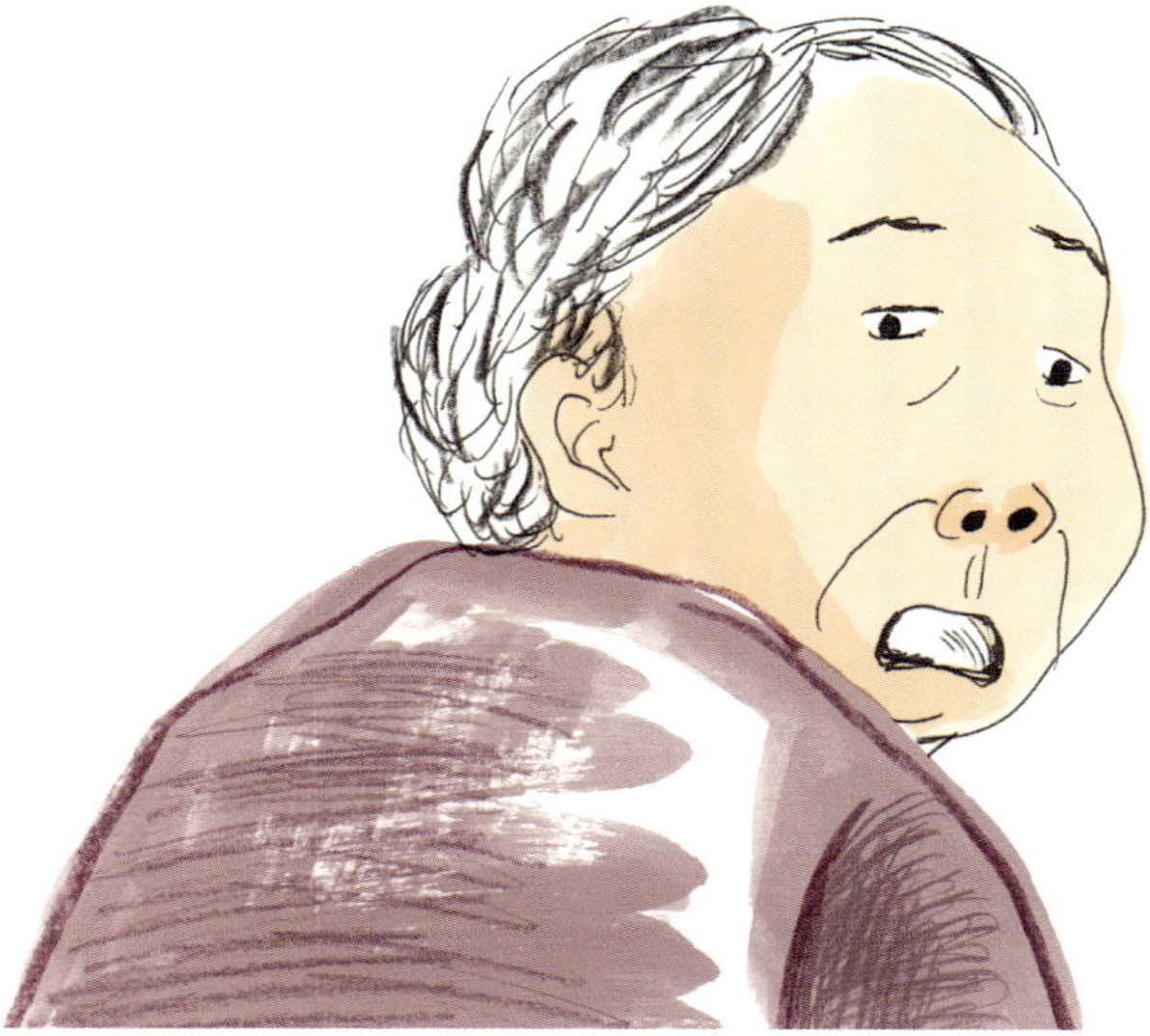

そして伯母は伯父に
自分を縁側から
けとばせといった。

けとばさないと
怒ったので、
伯父はけとばした。

庭にころげ落ちると
伯父に自分を背負って
裏の天神様まで行け
といった。

石段をのぼりつめると、
下りろといった。

伯父は「そうか、そうか」
といって下り、
それをくり返した。

夜寝る時、
側に伯父を寝かして
自分と一緒にうたを
うたえといった。
いつまでもうたえといった。

手をつかんで
ゆらしながら
うたえといった。

そして死んだ。村のだれもが、
五年間の伯父の看病ぶりを
「なかなかできるもんじゃない、
のぶさんもいい往生ができた」
といっていた。

私は伯母が死んで二週間目に
伯父に会った。

伯父は庭つづきの墓地に
花をさして線香を上げ、私に
「うちのばあさんほど偉い女は
いなかった」といった。

「おれはばあさんの看病で
いろんなことを教わった。
つらいとは思わなかった。

本当にばあさんに
感謝している」
といった時、
人の一生を貫く
矛盾に混乱した。

素朴な生活を続けた伯父が
たどりついたものは、
私をゆさぶった。

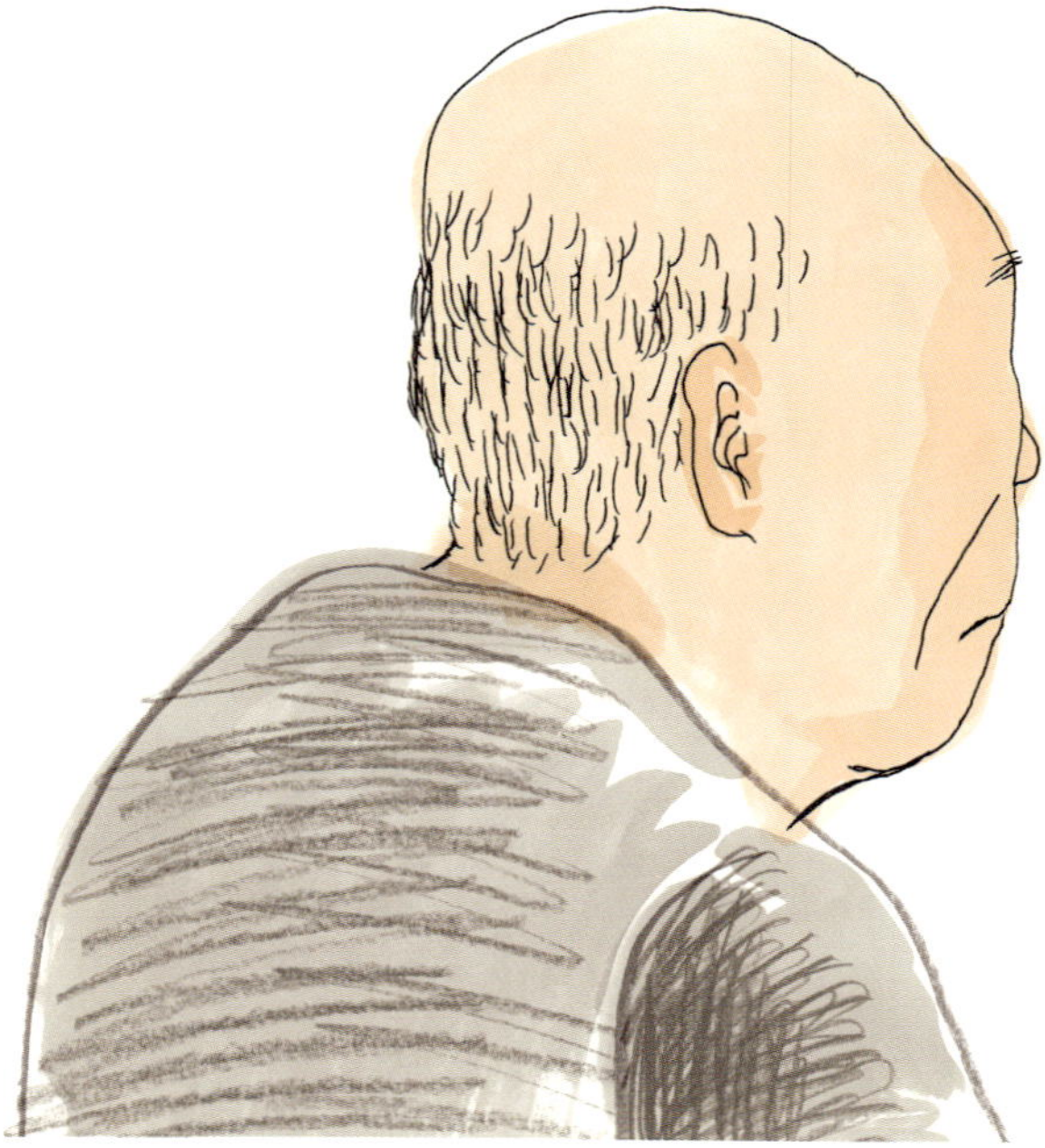

それから五年たって
伯父を訪ねた時、

伯父は伯母のお墓をはき清め、
キンセンカをかざり、
線香を供えていた。

墓から
伯母が生まれた家の屋根と
カキの木が見えていた。

収録作品の出典
『ふつうがえらい』（新潮文庫）より、「才能ってものね」「ハハハ、勝手じゃん」「神様はえらい」
『神も仏もありませぬ』（ちくま文庫）より、「出来ます」
『問題があります』（ちくま文庫）より、「大きな目、小さな目」
『私はそうは思わない』（ちくま文庫）より、「あ、これはダックスがお父さんだ」
「腹が立っている時は……（原題「腹が立っている時は自分がまっとうな人間である様な気がして元気が出る」）」
「こんぐらがったまま、墓の中まで」「段々畑を上がっていった家にお嫁にいった」

佐野洋子　さの・ようこ

1938年、中国・北京で生まれ、終戦後、日本に引き揚げました。1958年、武蔵野美術大学に入学。1966年、ベルリン造形大学でリトグラフを学ぶため渡欧。著書の絵本では、ロングセラーとなった『100万回生きたねこ』（講談社）や第8回講談社出版文化賞絵本賞を受賞した『わたしのぼうし』（ポプラ社）ほかがあります。童話にも、『わたしが妹だったとき』（偕成社）第1回新美南吉児童文学賞受賞作などがあり、そのほかに『ふつうがえらい』（新潮文庫）をはじめとするエッセイも執筆、『神も仏もありませぬ』（ちくま文庫）では第3回小林秀雄賞を受賞しました。2003年、紫綬褒章受章。2010年、永眠。享年72。

北村裕花　きたむら・ゆうか

1983年、栃木県に生まれました。多摩美術大学を卒業。2011年、絵本作家としてのデビュー作『おにぎりにんじゃ』が第33回講談社絵本新人賞佳作に。そのほか、『かけっこ かけっこ』（ともに講談社）、『ねねねのねこ』（絵本館）などがあります。

ヨーコさんの“言葉《ことば》”

2015年8月4日　第1刷発行

著者　文 佐野洋子《さのようこ》　絵 北村裕花《きたむらゆうか》
監修　小宮善彰《こみやよしあき》 NHK名古屋放送局制作部 チーフ・プロデューサー
ブックデザイン　帆足英里子
発行者　鈴木 哲
発行所　株式会社講談社
東京都文京区音羽2-12-21　郵便番号112-8001
電話 編集 03-5395-3532
販売 03-5395-4415
業務 03-5395-3615
印刷所　慶昌堂印刷株式会社
製本所　株式会社国宝社

ISBN 978-4-06-219655-0